Queridos amig
bienvenidos a de

TENEBROSA TENEBRAX

Tenebrosa Tenebrax

Nosferatu

Bobo Shakespeare

Periodista del Valle Misterioso, resuelve misterios con Nosferatu, su inseparable murciélago doméstico.

Escritor famoso, amigo de Tenebrosa Tenebrax.

Abuelo Ratonquenstein

Científico despistado, experto en momias egipcias.

Escalofriosa

Abuela Cripta

Ñic y Ñac

Kafka

Gemelos latosos, expertos en informática.

Sobrina preferida de Tenebrosa.

Apasionada de las arañas, posee una tarántula gigante llamada Dolores.

Cucaracha doméstica de la Familia Tenebrax.

Poldo

Mayordomo

Bebé

Adoptado con amor por la familia Tenebrax.

Fantasma que mora en el Castillo de la Calavera.

Mayordomo de la familia Tenebrax. Esnob de los pies hasta la punta de los bigotes.

Señor Giuseppe

Entierratón

Madam Latumb

Ama de llaves de la familia. En su moño cardado anida Caruso, el canario licántropo.

Lánguida

Cocinero del Castillo de la Calavera, sueña con patentar el «Estofado del señor Giuseppe».

Papá de Tenebrosa, dirige la empresa de pompas fúnebres «Entierros Ratónicos».

Planta carnívora de guardia.

Geronimo Stilton

TRECE FANTASMAS PARA TENEBROSA

El nombre de Geronimo Stilton y todos los personajes y detalles relacionados con él son *copyright*, marca registrada y licencia exclusiva de Atlantyca S.p.A. Todos los derechos reservados. Se protegen los derechos morales del autor.

Textos de Geronimo Stilton
Inspirado en una idea original de Elisabetta Dami
Coordinación artística de Roberta Bianchi
Cubierta de Giuseppe Ferrario
Ilustraciones de Ivan Bigarella *(lápiz y tinta china)* y Giorgio Campioni *(color). Con la colaboración de* Christian Aliprandi *(coloración del mapa de las páginas 122-123)*
Diseño gráfico de Yuko Egusa

Título original: *Tredici fantasmi per Tenebrosa*
© de la traducción: Elvira Delgado Gutiérrez, 2011

Destino Infantil & Juvenil
infoinfantilyjuvenil@planeta.es
www.planetadelibrosinfantilyjuvenil.com
www.planetadelibros.com
Editado por Editorial Planeta, S. A.

© 2010 - Edizioni Piemme S.p.A., Corso Como 15, 20154 Milán – Italia
www.geronimostilton.com
© 2011 de la edición en lengua española: Editorial Planeta, S. A.
Avda. Diagonal, 662-664, 08034 Barcelona
Derechos internacionales © Atlantyca S.p.A., via Leopardi 8 - 20123 Milán - Italia
foreignrights@atlantyca.it / www.atlantyca.com

Primera edición: octubre de 2011
Cuarta impresión: septiembre de 2014
ISBN: 978-84-08-10223-6
Depósito legal: M. 29.817-2011
Impresión y encuadernación: Unigraf, S. L.
Impreso en España - Printed in Spain

El papel utilizado para la impresión de este libro es cien por cien libre de cloro y está calificado como **papel ecológico**.

Stilton es el nombre de un famoso queso inglés. Es una marca registrada de la Asociación de Fabricantes de Queso Stilton. Para más información www.stiltoncheese.com

Un pergamino misterioso...

La noche había caído rápida como un relámpago sobre Ratonia y la oscuridad envolvía casas, árboles y coches. Sólo la **LUNA** llena iluminaba la calle. Entonces me apreté la chaqueta y **ACELERÉ** el paso. Ah, perdonad, no me he presentado todavía: mi nombre es Stilton, *Geronimo Stilton*, y soy el director de **EL ECO DEL ROEDOR**, ¡el periódico más famoso de la Isla de los Ratones!

Os preguntaréis qué hacía en las calles de Ratonia esa **NOCHE**. Bueno, el caso es que me había olvidado en el despacho un artículo en el que estaba trabajando: era una investigación sobre **LIBROS DE TERROR**... ¡Brrr, se me rizan los bigotes de miedo solamente de pensarlo!

Cuando llegué a *El Eco del Roedor*, me quedé verdaderamente sorprendido: una de las ventanas estaba iluminada... ¿quizá me había dejado la luz abierta? Qué raro... soy muy cuidadoso y apago todas las luces antes de irme: ¡intento evitar el derroche y preservar la naturaleza!

Entré en mi despacho y, de repente, ¡me embistió una bocanada de viento **HELADO**! La ventana estaba abierta de par en par. Fui a cerrarla...

¡¡¡AAAHHH!!!

¡En el alféizar había un murciélago que me **MIRABA** fijamente!

Solté un grito de espanto y me desmayé.

El murciélago me reanimó abanicándome la nariz con una ala y haciéndome cosquillas en los bigotes.

Cuando me recuperé, me miró con sus ojitos entornados y me gritó en la oreja:

—¿Qué haces, **DESMAYÁNDOTE**?

¡DESPIERTADESPIERTADESPIERTA!

¡Mensajeparati, mensajeparati, mensajeparati!

—¿De parte de quién? —balbuceé.

—De **TENEBROSA TENEBRAX**, ¡obviamente! —rió él, burlón.

Entonces lo reconocí: era Nosferatu, el murciélago doméstico de la extraña Familia Tenebrax.

Antes de que pudiera abrir la boca, dejó sobre mi escritorio un rollo de PERGAMINO sellado que agarraba entre las patas y voló hacia la noche oscura, gritando:

—¡PARA PUBLICAR!

¡SIN PROTESTAR!

¡ES UNA ORDEN!

Inspiré hondo para calmarme, me senté al escritorio y, con las patas aún temblándome de emoción, desenrollé el pergamino y empecé a leer...

Se trataba de un largo relato ambientado en el lejano Valle Misterioso y era una increíble **AVENTURA DE MIEDO**, protagonizada por mi amiga Tenebrosa Tenebrax. Había también un montón de ilustraciones firmadas por ella misma y dibujadas con un estilo muy... ¡original!

Permanecí toda la noche en la oficina, leyendo la historia, y acabé al alba, cuando el primer rayo de sol brilló en la ventana.

—Qué libro tan raro... —murmuré perplejo.

En ese momento, entraron mi sobrino Benjamín y su amiga Pandora.

—Hola, tío. ¿Qué es ese pergamino? —preguntaron curiosos.

Les hice leer la historia. Cuando acabaron, gritaron entusiasmados:

—Qué historia tan RARA... pero ¡FABULOSA!

A continuación llegó mi hermana Tea, que trabaja como enviada especial de *El Eco del Roedor*, y dijo:

—Qué ilustraciones tan, y tan **RARAS**... pero **¡FABULOSAS!**

Hasta Trampita, mi alocado primo, royendo un bocadillo de tres quesos y manchándome el escritorio, soltó:

—Qué historia tan **RARA**... pero **¡FABULOSA!**

Mientras tanto, habían entrado en el despacho los roedores y roedoras que trabajan en *El Eco del Roedor* y, curiosos, se habían parado a mirar el relato y las imágenes de mi amiga Tenebrosa.

—Qué personajes tan **EXTRAÑOS**... pero **¡FABULOSOS!** —murmura-ban todos, y el rumor de voces no dejaba de aumentar. Justo en ese mo-

mento, mi abuelo, Torcuato Revoltosi, abrió la puerta de mi despacho y exclamó:

— ¡NIETOOO!

¿Qué pasa aquí? ¿Has organizado una fiesta? ¡¿Ya estás haciendo el vago, como siempre?!

—N...no... Yo... en realidad... —balbuceé.

—¡Déjate de historias! ¡A trabajar!

Raro... pero ¡fabuloso!

Raro... pero ¡fabuloso!

Raro... pero ¡fabuloso!

—No, no es una historia, bueno... sí, pero... mira esto —dije, dándole el relato de Tenebrosa—. Abuelo, ¿qué te parece? ¿No lo encuentras... **RARO**?

Él dio vueltas y vueltas al pergamino entre las patas, lo leyó y releyó, pensó y volvió a pensar y al final exclamó:

—Es un relato **RARÍSIMO**, nieto... pero **¡FABULOSO!**

Raro... pero ¡fabuloso!

Raro... pero ¡fabuloso!

Sí, es muy raro... pero ¡fabuloso!

Raro... pero ¡fabuloso! ¡A trabajar!

Resumiendo, todos estaban entusiasmados con la historia que Tenebrosa me había enviado y por eso... la publiqué. Se titula **TRECE FANTASMAS PARA TENEBROSA**, y es este libro que tenéis entre las patas...

¡Disfrutad de la lectura!

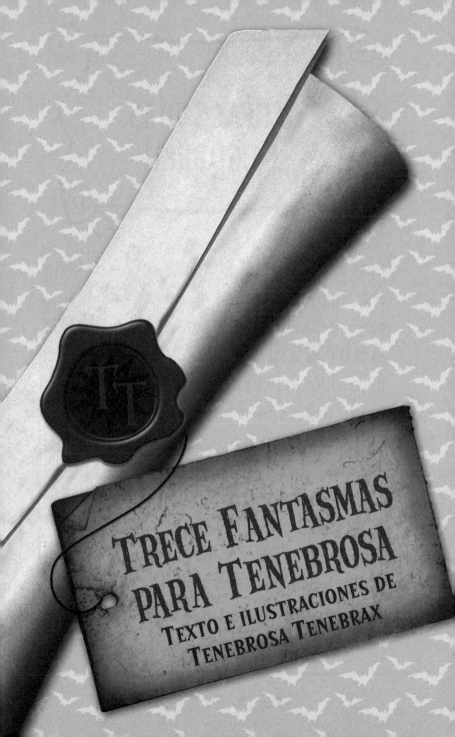

Trece Fantasmas para Tenebrosa

Texto e ilustraciones de Tenebrosa Tenebrax

¡BUENOS DÍAS, LUGUBRIA!

Envuelta aún en las últimas sombras de la noche, la antigua ciudad de Lugubria, en el corazón del Valle Misterioso, se veía más **tenebrosa** que nunca. Una densa niebla llenaba los callejones y se deslizaba entre los muros de las casas, empujada por un soplo de viento más débil que el aliento de una **momia**.

Los habitantes de la ciudad **RONCABAN** aún en sus camas.

En las calles sólo había unas cuantas sombras furtivas: eran los **MURCIÉLAGOS** del valle, que rondaban por allí antes de volver a casa. Después, de repente, a través de la niebla brillaron débilmente las primeras luces del alba. Un grito agudo resonó en el valle:

—¡BUENOS DÍAS, LUGUBRIA!

Quien había hablado era un pequeño, pequeñísimo murciélago lila de dientes afilados y ojos achinados. Nosferatu, pues éste era su nombre, iba de un tejado a otro, indeciso, deslizándose

entre las chimeneas: ¡se había perdido en la oscuridad! Sus alitas batían débilmente contra el viento,

¡FLAP! ¡FLAP! ¡FLAP!

Zigzagueó un buen rato, murmurando para sí:

—*¡Por mil mosquitos!* Con esta **NIEBLA**,
no veo ni a un palmo del ala...

Al final, soltó un **GRITO**:

—**¡CASACASACASAAA!**

Había reconocido las notas desgarradoras de un órgano que sonaba **lejos**, **lejos**, **lejos** en la niebla. Después, se zambulló en la OSCURIDAD y, batiendo las alas con fuerza a contracorriente,

Nosferatu

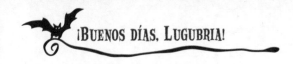
se dirigió fuera de la ciudad, hacia la lúgubre colina en forma de calavera sobre la que se erigía un tétrico castillo: ¡EL CASTILLO DE LA CALAVERA!

Era la extraña morada de la familia más extraña de todo el extraño Valle Misterioso: ¡la Familia Tenebrax!

Nosferatu se acercó a la única ventana con luz, de la que provenían las

ESTRIDENTES NOTAS DEL ÓRGANO.

Justo en ese instante, una voz muy decidida lo llamó:

—¡Nosferatu! ¡Por fin has vuelto a CASA! ¡Ven aquí!

En la ventanta, apareció el morro de una joven y fascinante roedora de ondulados cabellos negros y profundos ojos verdes: ¡era

CASTILLO DE LA CALAVERA

¡CUIDADO CON EL MONSTRUO!

TENEBROSA TENEBRAX, periodista siempre en busca de casos misteriosos!

Las notas que habían permitido a Nosferatu encontrar el camino a casa eran las del lúgubre despertador de Tenebrosa.

La joven le lanzó un CARAMELO de mosquito a su murciélago doméstico, ¡que era muy goloso!

_GRACIASGRACIASGRACIASSS... ¡ÑAMÑAMÑAAAM! —gritó Nosferatu.

Tenebrosa lanzó una ojeada al tétrico panorama del valle que se extendía ante ella y suspiró.

—Debo continuar trabajando. Quiero mandar al *Diario del Miedo* el artículo más espectral de todos los tiempos. Ya tengo el título:

VIDA SECRETA DE LOS FAN—

TASMAS DEL VALLE MISTE-RIOSO.

Nosferatu chilló, aleteando en la habitación.

—El título no está nada mal, pero como no te **APRESURES** a escribir el artículo, ¡no te lo publicarán en el próximo número!

—Pero ¿qué te crees? ¡Primero me tengo que documentar! ¡Yo soy una *periodista* seria! —respondió Tenebrosa, enfadada.

Nosferatu rió.

—¡*JA, JA, JA*! ¡Si eres una periodista seria, deberías usar las herramientas del maestro!

Y tras decir eso, se **metió** en un viejo baúl y salió de él llevando una antigua **máquina de escribir**.

—Era de tu tatarabuela, Eusebia Tenebrax, la famosísima escritora de libros de **TERROR**.

Tenebrosa bufó.

—Pero ¡qué antiguo eres, Nosferatu! ¿Es que no sabes que ahora todo el mundo utiliza O R D E N A D O R? ¡Ni siquiera Eusebia escribiría ya con esa máquina hoy en día!

Y añadió:

—Pero para empezar bien, ¡necesitaré la R O P A adecuada! Voy a prepararme, luego continuo.

Nosferatu se rió.

—Todo son excusas... Di la verdad... ¡no tienes ni idea de qué escribir!

EL SECRETO DEL ENCANTO

Tenebrosa se acercó al espejo del baño para **ACICALARSE**, murmurando:

—Lo ideal sería encontrar al menos una docena de **FANTASMAS** y

poder preguntarles todo lo que uno quiere saber: «¿Qué casas preferís infestar?» «¿Cómo es un día en vuestra vida?» Entonces, ¡mi artículo sí que sería verdaderamente ESCA-LOFRIANTE!

Se cepilló el largo cabello negro con un cepillo y se

aplicó un **GEL** especial de color verde podrido hecho con extracto de telaraña. Después, se aplicó P0|V0S color de luna llena.

—¡Ah, ahora sí que tengo un aspecto verdaderamente pálido y espectral! —exclamó, mirándose satisfecha al espejo.

Después, cogió su perfume preferido y se echó un poco detrás de la oreja.

—¡PerfumE de lagarto! ¡Ah, qué hedor tan espléndido! ¡Ahora solamente me falta un último toque **LÚGUBRE**!

Cogió un frasquito en el que ponía **«BABA DE BE-LLEZA»**: era su pintalabios preferido, de un bonito matiz violáceo.

Supervisó el efecto final en el gran espejo de la habitación, que la miró satisfecho y exclamó con voz cristalina:

—¡Está *bellísima*, señorita Tenebrosa!

—¡Gracias, Espejo! ¡Y ahora es el momento de elegir un bonito vestido!

—¡Armario! —gritó—, ¿estás preparado? Hoy me siento en forma y quiero tener un aspecto ¡absolutamente **LÚ-GU-BRE**!

Al oír esas palabras, Armario, el enorme guardarropa animado de la habitación, se abrió de par en par, *RÁPIDO* como el batir de una ala de murciélago, y anunció:

—¡Le sugiero estos vestidos, señorita Tenebrosa! Hoy hace un espléndido día nublado, con una temperatura de **15,7** grados y una humedad del **99%**. Me permito aconsejarle pues el vestido número **368**: largo, color violeta, terrorífico en su justa medida. Lo combinaría con una chaqueta de telaraña finí-

sima de tarántula almizcla-
da, perfecta para una jor-
nada espléndidamente
HÚMEDA como la
de hoy. También le
aconsejo un par de
guantes de hombre lobo

SINTÉTICOS. Si tie-
ne una cita importante,
no puede olvidar la estola de alas de murciélago sedoso y...

—¡Gracias, gracias, Armario! ¡Tú sí que sabes aconsejarme! Pero hoy no tengo ninguna
cita... ¡a no ser que no consiga descubrir a
ningún fantasmilla!

Se puso el vestido violeta, abrió el joyero, cogió un bonito COLGANTE y se lo abrochó
al cuello.

Después suspiró, se sentó delante del orde-
nador y entonces empezó a escribir: «Artícu-

ARMARIO

Antiguo y legendario armario animado que perteneció a la tatatata-rabuela de Tenebrosa, Estilosa Tenebrax, famosa diseñadora del Valle Misterioso. Se dice que en su interior alberga pasadizos, estancias y cajones secretos que Armario abre sólo en ocasiones especiales, como para el famoso Vertiginoso Baile del Murciélago con Callos. Nadie sabe lo grande que es... al parecer, contiene un número infinito de prendas de ropa.

Capa para el Gran Baile de las Ranas

Gafas para las noches de luna llena

Sombrero de Halloween

Perfume «Hedor de Pantano»

Baúl de las joyas olvidadas

lo Sensacional de Tenebrosa Tenebrax (¡lectura aconsejada sólo para los que no sufren de **estupor**, MIEDO, escalofríos o pálpitos!)».

—A ver, antes de nada, ¿qué es un fantasma? —se preguntó pensativa.

Fue a la l i b r e r í a y cogió un enormo tomo cuyo título era:

ALMANAQUE DE LOS
DÍAS DEL VALLE
MISTERIOSO, CON
APÉNDICE SOBRE
LA LUNA LLENA,
ECLIPSES Y ACTIVIDADES
FANTASMALES
Y ESPECTRALES.

Después de hojear las páginas enmoheci-
das, Tenebrosa exclamó satisfecha:

—¡Ah! ¡Castillos INFESTADOS... fantasmas BURLONES... sucesos misteriosos... ¡Aquí encontraré algo para empezar a escribir!

¡¡¡No MOLESTAR!!!

Tras haber escrito sólo unas pocas frases, Tenebrosa se paró, **MIRÓ** el desván, **MIRÓ** la ventana y después **MIRÓ** el suelo y finalmente exclamó:

—¡Uf, me falta **inspiración**!

—¡Yo lo escribiría en un batir de alas! —la **PROVOCÓ** malévolo Nosferatu.

En ese momento, Tenebrosa se levantó, exasperada:

—¡Ya basta! ¡Fuera! **¡LARGO DE AQUÍ!**
Cogió al murciélago por las orejas, lo echó de
la habitación y colgó un **CARTEL** en el
picaporte...

*¡¡¡NO
MOLESTAAAAAR!!!
(por ningún motivo)
¡Estoy escribiendo un
artículo! ¡Prohibida la
entrada a murciélagos,
escarabajos, momias,
hombres lobo y similares!*

Tenebrosa Tenebrax

Acababa de cerrar la puerta cuando alguien **LLAMÓ** y entró. Era el mayordomo de la Familia Tenebrax.

—Señorita Tenebrosa, ¡le informo que el **DESAYUNO** está servido! Tenebrosa **BUFÓ** y dijo con rapidez:

—¡Tengo que escribir un artículo! ¡Hoy no quiero

¿Sí?

que me molesten ni para desayunar!
El mayordomo arqueó una ceja y se marchó
impasible, pero al cabo de un instante alguien
LLAMÓ de nuevo a la puerta. En el umbral
apareció una roedora con un canario licántropo en el pelo. Era Madam Latumb,
el ama de llaves de la familia, que
preguntó presurosa:

¡El desayuno está servido!

Madam Latumb

—Querida Tenebrita, ¿qué es eso de que no desayunas? No se te habrá metido en la cabeza ADELGAZAR, ¿verdad? Ya sabes que un buen zumo concentrado de lombrices ¡es la mejor manera de empezar el día!

—Sí, pero tengo que *escribir...* —respondió. Y antes de que le diera tiempo a cerrar la puerta, aparecieron, **PREOCUPADÍSIMOS**, la Abuela Cripta y Entierratón, el padre de Tenebrosa.

Abuela Cripta

Entierratón

—Tenebrosilla, ¿estás bien? ¿Te duele la garganta, la cabeza, los pies, la espalda, la barriga, los dientes, los...?

—Gracias, pero ¡estoy **P-E-R-F-E-C-T-A-M-E-N-TE**! —exclamó ella—. ¡No necesito **N-A-D-A**!

Un segundo después, se oyeron unos ruidos extraños, como si alguien estuviera mordisqueando el picaporte:

¡ñac, ñac!

Era la planta carnívora del Castillo de la Calavera. Tenebrosa gritó:

—Lánguida, ¡saca tus dientes del picaporte! ¡Lo vas a RAYAR!

Lánguida

Detrás de ella, una gran **CUCARACHA** rojiza estaba trajinando entre las patitas un paquete de croquetas, que le ofreció generosamente a Tenebrosa.

—¡ARF, ARF, ARF!

—Gracias, Kafka —suspiró ella—, eres muy amable, pero no quiero tus croquetas para desayunar.

Llamaron de nuevo.

—¿Quién es ahora?—aulló Tenebrosa.

La puerta se abrió y entró el señor Giuseppe, el cocinero de la casa, llevando su gran olla de estofado.

—Señorita Tenebrosa, me he enterado de que no quiere desayunar. Dígame la verdad, ¿no le gusta mi estofado? ¿Qué es lo que está mal? ¿Tal vez debería intentar añadirle un CALCETÍN apestoso para darle sabor? ¿O un pellizco de HUESO de dragón... o

un poco de bazo de lombriz? Se lo ruego,
dígame lo que no funciona en mi estofado.
Tenía lágrimas en los ojos, y verlo así con-
movió a Tenebrosa.

—En absoluto, señor Giuseppe. Su estofado
está buenísimo, como siempre, es sólo que…
El cocinero se sonó la nariz y después echó el
pañuelo en la olla.

—Snifff… Lo dice sólo para consolarme,
pero yo sé que mi estofado ya no le gusta... ¡Estoy acabado!
Escalofriosa, la sobrinita de Tenebrosa, se le acercó y le susurró al
oído:

—¡Tiíta, mira qué triste está el
señor Giuseppe! ¡Vamos, baja a
DESAYU-
NAR!

Escalofriosa

Los terribles gemelos Ñic y Ñac

El señor Giuseppe

El famoso estofado del señor Giuseppe

Tenebrosa se rindió y salió de la habitación junto con el cocinero, que había recuperado la sonrisa.

Sentados a la mesa del comedor de la Familia Tenebrax estaban los **TERRIBLES** gemelos Ñic y Ñac. Al ver entrar a Tenebrosa, exclamaron a coro:

—**¡SIÉNTATE A NUESTRO LADO!**

Ella suspiró.

—Os conozco... ¡seguro que habéis espolvoreado extracto de **lavanda** selvática perfumada en la silla!

—¡Joo... nunca logramos gastarte **bromas**! ¡Siempre nos descubres!

Tenebrosa desayunó muy rápido y, enfadada, murmurando para sí, dijo:

—Si quiero escribir mi artículo en paz, tendré que ir al único lugar *tranquilo* del castillo...

El lugar para pensar del Abuelo Ratonquenstein

Tenebrosa salió del salón, recorrió el largo pasillo, giró a la derecha, abrió una puertecita CHIRRIANTE, entró en una cripta, bajó unos estrechos escalones, se abrió camino entre las telarañas que colgaban del techo y se detuvo delante de una puerta con un cartel que decía:

EL LUGAR PARA PENSAR DEL
ABUELO RATONQUENSTEIN
¡No ENTRAR U OS MOMIFICO!

—¡Abuelito, soy yo! —gritó Tenebrosa.

Y entró en una habitación con forma de **ATAÚD**.

Las paredes estaban forradas de terciopelo púrpura y por todas partes había estanterías llenas de **libros**.

—¡Nieta adorada, luz de mis oscuras pupilas! ¡Entra! ¡Estoy aquí, haciendo un EXPERI-MENTO! —bramó una voz estridente.

De detrás de un banco de laboratorio, sobresalió un morro verduzco.

Tenebrosa no tuvo tiempo de preguntar de qué experimento se trataba, porque se oyó un golpe y apareció un **RAYO** que iluminó la habitación y descargó de lleno en el abuelo.

Abuelo
Ratonquenstein

Tenebrosa fue a socorrerlo, preocupada.

—Abuelo, ¿estás bien?

—**¡Muy bien!** —balbuceó—.

¡El experimento ha sido un éxito! !Viva! ¡He conseguido hacer **DADITOS** de caldo utilizando vendas de momia! Todos los científicos del mundo hablarán de ello, ya veo los titulares: «¡Finalmente es posible preparar auténtico **CALDO DE MOMIA** en casa!». Le ofreció una **TAZA** de caldo humeante a Tenebrosa diciendo:

¡TAA

—¿Quieres probar? Tiene un sabor... ¡de otros tiempos! Ella **negó** con la cabeza.

—Ejem... Muchas gracias, abuelo, pero ¡acabo de desayunar! Además, ¡necesito tu ayuda! Tengo que escribir un artículo sobre **FANTASMAS**, pero no sé por dónde empezar...

AAAC!

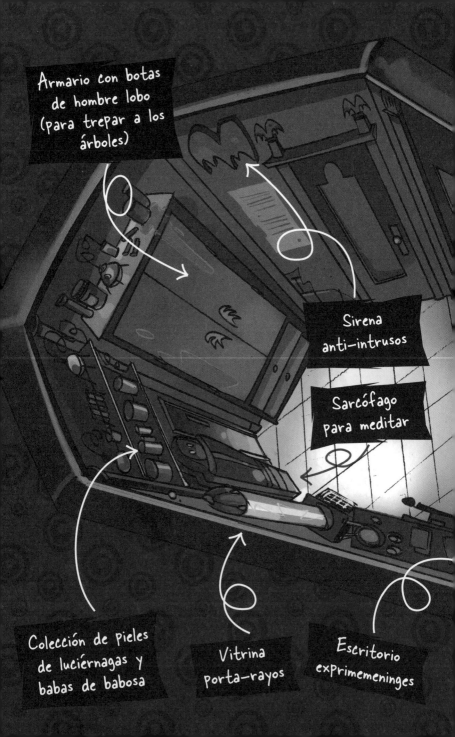

Él la abrazó cariñoso:

—Tenebrosita mía, ¡tu abuelito te ayudará!

—Para un artículo **TE-RRORÍFICO** de verdad, necesito una entrevista especial, ¡una entrevista a un fantasma!

—¿Por qué no hablas con Poldo, el **FANTASMA** de nuestro espectral castillo? —le aconsejó el abuelo.

—No puedo —suspiró Tenebrosa—, Poldo está de **vacaciones** en un antiguo castillo escocés... Por cierto, ¡nos ha mandado una **POSTAL**! ¡Quién sabe cuándo volverá!

¡FELICES VACACIONES!

¡Saludos espectrales desde Escocia!

Poldo

Tenebrosa Tenebrax
Castillo de la Calavera
Lugubria
Valle Misterioso

El abuelo se palmeó varias veces la cabeza con la **PATA**.

—¡Ya lo tengo! Recuerdo que el abuelo del abuelo del abuelo de mi abuelo siempre decía que Villa Shakespeare estaba **PLAGADA** de fantasmas... ¿La conoces? Es una mansión deliciosamente lúgubre, en la Calle de los Ectoplasmas, 13, en las afueras de Lugubria. ¿Por qué no vas a echarle un **VISTAZO**? Tenebrosa lo abrazó:

—Una idea de bigotes, abuelo, ¡me voy volando a VILLA SHAKESPEARE!

¡A LA CAZA DE LA EXCLUSIVA!

Tenebrosa saltó a su auto, un **TURBO-LAPID3000**, el ultimísimo modelo en coches fúnebres descapotables.

¿Tía, puedo ir contigo?

Turbolapid 3000

Escalofriosa corrió hacia ella.

—Tiíta, ¿vas a la caza de una **EXCLUSIVA**? ¿Puedo ir contigo?

—¡Claro que sí! Coge la cámara, ¡serás mi **FOTÓGRAFA** oficial!

Luego, Tenebrosa cogió de la oreja a Nosferatu, que estaba revoloteando encima de ella, y exclamó:

—¡Tú también vienes! ¡Me ayudarás a tomar **NOTAS**!

Nosferatu bufó.

—Es que uno no puede estar tranquilo...

Cuando estuvieron los tres a bordo, el coche se dirigió a la carretera que llevaba a Lugubria. Tenebrosa le gritó al murciélago, que conocía todos los caminos del valle:

—¿Qué camino cojo para **IR** a Villa Shakespeare?

Nosferatu, sujetándose al asiento con las **garras**, se aclaró la voz:

—Puespuespues, para Villa Shakespeare... Debes coger la bajada del Muertorio, luego girar a la **DERECHA** por la calle de las Momias, cruzar el Puente del Paso Peligroso encima del Río Turbulento y finalmente girar a la **IZQUIERDA** por la calle de los Ectoplasmas... ¡es el número 13!

En ese momento se interrumpió un instante, y luego gritó:

—¡AHÍ ESTÁ! ¡HEMOS LLEGADOOOOOOO!

Tenebrosa aparcó en un prado lleno de zarzas espinosas y de malas hierbas.

Nosferatu exclamó entusiasmado:

—¡Guau! ¡Es un sitio súper **ESPECTRAL**!

— El aspecto de la casa promete... —susurró Tenebrosa—. ¡Esperemos que haya algún **FANTASMA**!

—¡Genial! —exclamó Escalofriosa—. Pero

VILLA
SHAKESPEARE

¿cómo vamos a entrar? No tenemos la llave...

Nosferatu espió entre la **VALLA**:

—¡¡¡*Por mil mosquitos*, hay algo en el jardín de Villa Shakespeare!!! O alguien...

—¡Es verdad, tiíta! Ahí hay un montón de **MALETAS** y... ¡veo sobresalir una cola! ¡A lo mejor hay un fantasma que está escondido!

Tenebrosa bajó del coche, se acercó sigilosamente y dio un tirón a la cola, gritando:

—¡Te **TENGO**, querido fantasma mío!

Una voz gritó:

—¡AAAAAAARGGGGGGHHHHHHH!

Y del montón de maletas salió un roedor de pelo RI~ ZADO y con cara asustada. Tenebrosa puso los ojos en blanco y exclamó desilusionada:

—Vaya, ¡¡¡no eres un **FANTASMA**!!!

Cola misteriosa...

Nosferatu sobrevoló en torno al misterioso roedor y dijo:

—¡Lo confirmo! ¡No es un fantasma! ¡Es sólo un ratón cualquiera, con su **PELO** y sus bigotes!

El desconocido se sentó en el baúl.

—*¡Por mil tinteros!* Pero vo-vosotros, ¿qui-quiénes sois? —preguntó, masajeándose la cola **DOLO-RIDA**.

—Yo soy Tenebrosa Tenebrax. Y ella es Escalofriosa. ¿Y tú eres...?

—Me llamo Shakespeare, **BOBO SHAKES-PEARE**...

De repente, Tenebrosa exclamó:

—¿Has dicho Shakespeare? Entonces, ¡eres el propietario de Villa Shakespeare! ¡Y nos puedes dejar entrar!

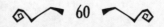

BOBO SHAKESPEARE

QUIÉN ES: famosísimo escritor de novelas románticas. Su libro más vendido se titula «Dos corazones y una *fondue*» y narra un apasionado amor que nace en un restaurante.

DÓNDE VIVE: ha heredado del tataratío-abuelo Ratelmo una tétrica mansión en las afueras de Lugubria, adonde quiere mudarse: allí espera encontrar la tranquilidad necesaria para escribir sus novelas. Pero todavía no conoce bien el Valle Misterioso...

AFICIÓN: coleccionar rosas marchitas que no ha tenido nunca el coraje de enviar a su enamorada.

SUEÑO: interpretar al protagonista de una película basada en uno de sus libros (pero en realidad no lo hará nunca: ¡es demasiado tímido para ponerse delante de una cámara!).

COMIDA PREFERIDA: los ñoqui (pero sólo los de patata roja) con salsa de queso (pero sólo el que ha sido fermentando más de 20 años) y nueces (pero sólo las de los árboles de Transratonia).

Él farfulló estupefacto:

—No... sí... quiero decir, quizá...

Tenebrosa bufó.

—¿Se te ha TRABADO la lengua?

—La verdad es que... acabo de heredar la casa, pero ¡no puedo entrar!

—¿Cómo que no puedes entrar? ¿No tienes las LLAVES?

—Sí, pero... esto... en cuanto atravieso el umbral, algo me empuja hacia fuera y me encuentro de nuevo de PATITAS en la calle.

—¡Esto huele a caso misterioso! ¿Tenemos alguna pista? —exclamó Tenebrosa.

Bobo se sacó una hoja del bolsillo y, enseñándosela, suspiró.

—¿Pista? Bueno, no sabría... Sólo esta CARTA que recibí hace un mes de un notario del Valle Misterioso...

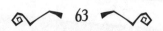

Sí, pero, es decir...

Distinguido señor roedor Bobo Shakespeare:

¡Finalmente hemos dado con usted! ¿Dónde se había metido?

Le informamos que ha heredado de su pariente lejano Ratelmo Shakespeare una mansión en las afueras de la ciudad de Lugubria, en el alegre (bueno... según se mire) Valle Misterioso. Incluimos en la carta las llaves de Villa Shakespeare (quizá quiera vivir ahí, pero ¡piénselo bien!) y le deseamos buena suerte (¡la necesitará!).

El notario Muertuzzi

P. D. Le incluyo un mapa de la casa, que hemos encontrado en los archivos de Lugubria, pero no se fíe mucho: ¡las paredes de la mansión cambian de lugar continuamente!

P. P. D. Si tiene problemas... ¡no acuda a nosotros!

P. P. P. D. ¿Me podría mandar un ejemplar firmado de su libro «Dos corazones y una fondue»?

—¿«Dos corazones y una *fondue*»? ¡¿Has escrito esa novela **románTica**?! ¡La he leído trece veces! —exclamó Escalofriosa emocionada.

—Ejem... sí, soy *escritor*... —balbuceó tímidamente Bobo.

—¡Bravo, Bobito! —lo interrumpió Tenebrosa—. Pero no perdamos tiempo...

Nosferatu añadió:

¡VAAAAAAMOS! ¡A LA CAZA DE FANTASMAS!

—¿F-f-fantasmas...? —farfulló Bobo.

—¡Sísísí! —exclamó el murciélago—. ¡Parece que tu casa está **LLENA**! ¡Habrán sido ellos los que te han echado!

—¡Adelante, entremos! —ordenó Tenebrosa.

Bobo intentó **PROTESTAR**:

—Pero... yo... en realidad...

Demasiado tarde. Ella lo cogió del brazo con decisión y lo **ARRASTRÓ** hasta el umbral de la casa.

— ¡Bobito, querido, abre la puerta!

Si entramos todos juntos, ¡nadie se atreverá a echarnos!

Antes de que Bobo pudiera decir nada, se oyó un CHIRRIDO siniestro y la puerta empezó a abrirse lentamente...

VILLA SHAKESPEARE

Calle Ectoplasmas, 13
Lugubria, Valle Misterioso

Esta tétrica vivienda fue construida en el 1813 por el famosísimo arquitecto Esmorticio Lividucho, especializado en la construcción de cementerios monumentales. Con sus opacas vidrieras y torres torcidas, es su obra más emblemática. En 1913, el director De Lugubris la escogió para rodar su multipremiada película «Aullidos a medianoche». Ha cambiado de propietario cientos de veces: nadie ha sido capaz de vivir allí. Al parecer, está infestada de fantasmas...

VILLA SHAKESPEARE

Tenebrosa entró la primera. La casa olía a cerrado. La oscuridad que los rodeaba era ne-

gra como la piel de un hombre lobo. Sólo la escalera estaba iluminada por la débil luz de tres velas.

Bobo temblaba como una hoja: creía ver brillar OJOS curiosos por todas partes...

—¿V-vosotros no o-os sentís muy observados? —balbuceó.

Nosferatu se le acercó sigilosamente y susurró:

Boboooooooooooooooooooo...

—¡Socorro! ¿Quién es? —gritó Bobo.

—¡Soy yo! —rió burlón Nosferatu—. ¿No me reconoces, BOBITO?

No habían dado otro paso, cuando Bobo volvió a gritar:

—¿Q-quién me roza los bigotes?

Nosferatu rió de nuevo:

—¡Sólo son **telarañas**! ¿Te he dicho que eres bobito?

—Mirad... —reflexionó Tenebrosa—, las velas de la escalera están encendidas...

—¡Es verdad, aquí tiene que haber alguien! ¡Quizá un **FANTASMA**! —exclamó Escalofriosa.

—¡Claro, seguro que ha sido un **FANTASMA** quien las ha encendido! —dijo Nosferatu como un eco.

—¡¿U-un F-F-FANTASMA...?! —Bobo estaba muerto de miedo y a punto de huir.

Pero Tenebrosa se **DIRIGIÓ** hacia la cocina y abrió la puerta decidida. Sobre la gran mesa del centro de la estancia había una **TETERA** que aún humeaba, con bolsas de té de ortiga venenosa de Transratonia. Al lado de la tetera, alguien había dejado un trozo de pastel a medio comer de triple CHOCOLATE recubierto de nata.

—Vaya, parece que alguien acaba de merendar... —dijo Escalofriosa.

—¡¡¡Síí, tienes toda la razón: alguien acaba de **MERENDAR**!!! —gritó Nosferatu complacido.

—¡*Por mil momias momificadas!* ¡Alguien acaba de **MERENDAR**! —repitió Tenebrosa complacida.

—¡¡¡Q-qué extraño, a-alguien acaba de **MERENDAR**!!! Pero ¿quién será? —tartamudeó Bobo, muerto de miedo.

—¡Lo descubriremos en un periquete! Sigamos **EXPLORANDO** la casa: ¡es tan *deliciosamente* lúgubre! ¿No te parece, Bobo? —preguntó Tenebrosa, decidida, cogiéndolo del brazo y arrastrándolo fuera de la **COCINA** a la fuerza.

MISTERIOS Y DESMAYOS

Bobo abrió la boca para protestar cuando se oyeron unas notas misteriosas. De repente, la música paró con una nota DESAFINADA.

—¡Guau! ¡Un violinista! ¡Vamos a buscarlo! —propuso Escalofriosa.

—¡Síííí, vayamos a buscarlo! —exclamó Nosferatu, haciendo una PIRUETA en el aire.

—¡Vamos! —dijo Tenebrosa, intentando descifrar el plano de la casa. Pero estaba lleno de cambios y lo tiró.

—Pero ¿p-por qué d-debemos ir en su b-busca...? Dejémoslo TRANQUILO... sea quien sea... —susurró Bobo muy ATERRORIZADO.

Pero Tenebrosa se había metido ya en un largo pasillo **OSCURO**, al final del cual encontraron una puerta con un cartel.

—Bobito, ¡abre rápidamente la puerta! —ordenó Tenebrosa.

—P-pero aquí pone que...

—¡No te dejes **iNtiMiDaR**! ¡Es tu casa!

Bobo tragó saliva, giró el pomo y descubrió... ¡una habitación del **REVÉS**! ¡Del techo colgaban una mesa y otros muebles sobre los que había hasta jarros de *flores*!

Balbuceó sorprendido:

—P-pero... está t-todo c-cabeza abajo... la m-mesa... las s-sillas...

¿Está todo del revés?

—¡J*j*j*ji*iii*i! ¡Se le ha trabado la lengua-aaaa! —rió Nosferatu.

—Y-y... me d-da v-vueltas la c-cabeza... —dijo Bobo, y de repente se DESMAYÓ.

Escalofriosa se echó a reír.

—Pobrecito... ¡no se ha dado cuenta de que es sólo una ILUSIÓN!

—Son sólo espejos que reflejan lo que hay en el suelo... ¡la típica broma de un ilusionista! —comentó Tenebrosa.

Nosferatu se rió.

¡Y ÉL SE LO HA CREÍDOOOOO!

—Quién sabe si en el baño encontraremos sales para reanimarlo —dijo Tenebrosa—. ¡Llevémoslo!

Allí encontraron una antigua bañera de latón todavía llena de agua de pantano. En el borde había apoyados un cepillo de dientes, un tubo de dentífrico y un jaboncito.

—¡El agua aún está CALIENTE! —exclamó Escalofriosa, metiendo la punta del dedo en la bañera.

—¿Quién se BAÑARÁ aquí? —preguntó Tenebrosa con curiosidad.

—¡Él! —rió Nosferatu pérfidamente, volcando sobre la cabeza de Bobo un gran cubo de agua HELADA con la intención de reanimarlo. Pero el escritor había vuelto en sí justo un segundo antes de que le cayera encima y trató de levantarse. Pero no se dio cuenta del suelo **MOJADO**... y *RESBALÓ* ➔ para acabar de nuevo con el morro en el suelo.

—¡Bobo, te prohíbo que te **DESMAYES** otra vez! —exclamó Tenebrosa, fastidiada—. ¡Nos estás haciendo perder el tiempo con tanto desmayo!

El roedor se masajeó los bigotes **MAGU-LLADOS**.

Cuando volvió en sí, se dio la vuelta y vio que los demás no lo habían esperado y ya habían **salido** de la habitación.

¡N-NO ME DEJÉIS SOLO!
¡ESTA CASA ME DA MIEDOOOOO!

—gritó, corriendo para atraparlos.

¡Bobito!

¡Uff... qué golpe!

En el sótano

Bobo corrió por el pasillo y entró en un oscuro dormitorio en el que había un misterioso armario de MADERA.

—¿Es-estáis aquí...? —llamó.

Pero en la habitación no había nadie. Bobo iba a irse de la habitación cuando oyó un chirrido a su espalda: las puertas del armario se estaban abriendo lentamente y en su interior brillaban débiles luces y se entreveía un PASAJE SECRETO...

—¡¡¡AAAAAAAAAAAAHHHH!!!

—gritó él.

Tenebrosa llegó corriendo.

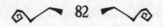

—Pero Bobucho, ¿por qué sigues gritando?

—Se quedará afónico de tanto **CHILLAR**...

—se rió Nosferatu.

—¡Mirad, un pasaje secreto! —dijo Bobo, cogiendo una vieja **LÁMPARA**.

¡Guau! ¡Un pasaje secreto!

Tenebrosa arqueó la ceja izquierda.

—¡Vaya, pero si se trata de un **TÉTRICO**, **HÚMEDO** y apestoso pasaje secreto!

Nosferatu salió volando hacia él.

—Hay una escalera que lleva ¡al sótanooooooooooooooooooo!

¡Venid!

Venid, esto es *maravilloso*: ¡oscuro y húmedo en su justa medida! ¡Un lugar terroríficamente delicioso!

—¡Bravo! ¡Venga, bajemos! —exclamó Escalofriosa, alegre.

Bobo se plantó.

—**¡NO! ¡NO! ¡NO!** ¡Yo no bajo! ¡Ni hablar! Esta vez no me muevo ni un milím...

Pero Tenebrosa ya lo había empujado dentro y había cerrado decidida las puertas del armario, que se **CERRARON** con un ruido siniestro. Bobo no tuvo más remedio que seguirla.

De repente, los escalones se acabaron y los tres se encontraron ante la entrada de un **LABERINTO** que se perdía en la oscuridad...

¡Por aquí!

LA HABITACIÓN DE LAS SÁBANAS

—¡Por aquíííí! —chilló Nosferatu.

—¡Venga, Bobito, **mueve** más rápido las patas! —lo exhortó Tenebrosa.

Él la siguió poco convencido, hasta que se encontraron delante de una nueva PUER-TA y de un nuevo y extraño cartel...

La puerta se abrió chirriando de un modo siniestro.

SCRIIIC

Entonces un soplo de viento tan helado como el suspiro de una momia apagó la luz. Pero en el centro de la gran sala se entreveían unos extraños resplandores: algo brillaba bajo la gran sábana que cubría la mesa y las sillas.

Bobo sintió como un ESCALOFRÍO le recorría la espalda hasta la punta de la cola.

—¿Qu-qué hay bajo la s-sábana?

Tenebrosa se acercó a la mesa, gritando muy decidida:

—¡Vamos a descubrirlo!

Y así, antes de que él pudiera detenerla, cogió la SÁBANA dispuesta a tirar de ella...

¡LA HABITACIÓN DE LAS SÁBANAS...

... Y SUS INQUILINOS!

¡Digno de esta casa!

¡Por mil sábanas agujereadas!
¡Es realmente un plato
de pesadilla!

¡Buenísimo este caldo
de araña!

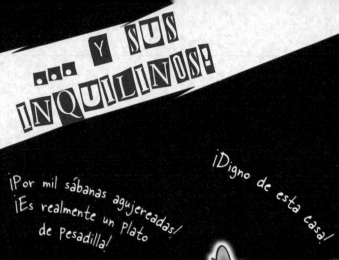

DOCE FANTASMAS... ¿MÁS UNO?

Bobo gritó:

—¡Esto es demasiado, me DESMAYO!

Cuando volvió en sí, se encontró con una escena muy terrible: sentados a la mesa, había doce fantasmas, ¡entre ellos un PERRO, una ARAÑA y un MOSQUITO! Todos miraban fijamente a los intrusos con cara de pocos amigos.

¡Tenebrosa estaba contentísima por haber encontrado una DOCENA de fantasmas!

—Queridos amigos, ¿me podríais decir quiénes sois? —preguntó educada.

—S-sí... ¿qu-quiénes sois? —tartamudeó con torpeza Bobo.

Un fantasma alto y delgado, de morro estirado y pinta de ser un poco ESNOB, tomó la palabra y, aclarándose la voz, dijo:

—Yo soy Excelso de Snobis, el mayordomo de Villa Shakespeare. Os informo a todos que no admitimos intrusos, pelmazos, aguafiestas o pesados de ninguna clase o género. No os podéis quedar, debéis marcharos, IROS, partir, daros el piro, largaros... es decir, ¡fuera! —concluyó, mirando con expresión AMEnazadora a Tenebrosa y a sus amigos.

—¡Qué modales! —se quejó ésta, indignada.

—¿Y por qué tenemos que irnos? Además, vosotros ¿por qué INFESTÁIS esta casa?

—¡Un poco de respeto! —replicó el mayordomo.

—¡Nosotros no la infestamos! ¡Nosotros vivimos aquí! ¡Y hace más de un siglo! ¡Esta casa es nuestra, te guste o no!

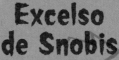

Excelso de Snobis
Mayordomo

¡Con su experiencia centenaria, dirige sabiamente Villa Shakespeare desde tiempos inmemoriales!

Bob Cortezadura
Carpintero

Construye pasajes secretos y dobles fondos de armario (él ha hecho el pasadizo del armario que lleva al sótano).

Miss Plumeroti
AMA DE LLAVES

Habilísima en el remiendo de telarañas y en mantener siempre verdes las manchas de moho en las paredes.

Esmartillo Espantaclavos
Herrero

Especializado en la construcción de cadenas para fantasmas. Las fabrica también por encargo en oro y plata.

Doña Ragú
Cocinera

Sueña con abrir un lúgubre restaurante para espectros llamado «El Último Bocado». Su especialidad son los pulpitos invisibles.

Ted Podatodo
JARDINERO

Es un maestro en secar plantas. Suyo es el mérito de tener el jardín de la mansión sin desbrozar y lleno de hierbajos espinosos.

Coso Yzurzo
SASTRE

Confecciona espléndidos vestidos espectrales para todos los fantasmas del Valle Misterioso. Su especialidad son las sábanas de seda.

Chorlita
Camarera

Siempre pierde las gafas y las acaba encontrando en el frigorífico, debajo de los cojines del sofá o en el doble fondo de un armario.

Chis Moso
Tutor

Conoce todos los chismes de todos los fantasmas del Valle Misterioso (y no sólo eso...).

Milpatas
Araña artista

Teje telarañas finísimas y muy resistentes con las que decora Villa Shakespeare.

Zzzum
Mosquito desdentado

Apasionado de la música. No se pierde un concierto y acompaña a la orquesta zumbando todo el rato.

Arf
Perro sonámbulo

De noche cava agujeros en el jardín de la mansión buscando los huesos que ha escondido (pero nunca recuerda dónde...).

Bobo palideció, y le susurró a Tenebrosa:

—Quizá tienen r-razón... Vámonos...

—¡Bobito, no digas **tonterías**! ¡La casa es tuya y tienes derecho a vivir en ella!

—No quiero una casa llena de fantasmas... yo, con un lugar tranquilito donde *escribir* mi próximo libro...

—¡¿LIBRO?! —exclamó el mayordomo, **VOLVIÉNDOSE** de repente—. ¿Es usted escritor?

—Mmm... pues sí... —balbuceó él.

—PERO ¿¡UN ESCRITOR ESCRITOR?!

—S-sí... eso dicen...

—PERO ¿¡UN ESCRITOR ESCRITOR ESCRITOR?!

—¡Sííí! —contestó él, exasperado.

—¿Lo habéis oído? ¡¡¡Es escritor!!!

Todos los fantasmas se pusieron a BAILAR de alegría alrededor de Bobo, que estaba aterrorizado. Cuando finalmente se calmaron, el mayordomo, **emocionado**, anunció:

—¡Hace un siglo que esperábamos una ocasión así!

—Perdonen, pero no entiendo...

—Chorlita, ¡trae los apuntes! —ordenó el mayordomo, decidido.

La camarera desapareció de repente para reaparecer un segundo después con un montón de h**O**j**a**s que casi rozaban el techo.

Excelso explicó:

—Estas notas recogen, resumen, cuentan y describen los recuerdos, acontecimientos, secretos y misterios de Villa Shakespeare...

Calló de golpe y observó a Bobo con aspecto **SATISFECHO**. Luego continuó:

—¡Sólo un escritor de éxito podría transformarlos en una verdadera novela de miedo!

Bobo tragó saliva.

—Ejem... pero es que yo realmente... tengo muchas cosas que hacer...

Chorlita respondió:

—¡No se PREOCUPE, señor escritor, no le llevará demasiado tiempo! Según nuestros CÁLCULOS deberá escribir sólo... alrededor de... a ver... ¡754 volúmenes de 2.000 o 3.000 páginas como máximo! Es decir, ¡un trabajillo de unos 30 años poco más o menos!

Antes de que Bobo pudiera **PROTESTAR**, el mayordomo añadió:

—Si promete aplicarse y trabajar en nuestro *libro*, le permitiremos que se quede en esta casa. Siempre y cuando...

—¿Siempre y cuando...? —Él, que estaba ansioso, era todo oídos.

—Siempre y cuandoooo... —repitió el mayordomo.

—Siempre y cuando... ¿qué? —exclamó ansioso Bobo.

—Siempre y cuando... ¡el fantasma número trece esté de acuerdo! —concluyó con voz firme el mayordomo.

¿¿¿Y quién es el fantasma número trece???

—preguntó Tenebrosa con impaciencia.

Arf ladró decidido y Tenebrosa lo acarició.

—Él os llevará hasta donde se encuentra —exclamó Chorlita—. **¡SEGUIDLO!**

El perro atravesó corriendo la puerta, **LADRANDO** con fuerza para animar a Tenebrosa y al resto a seguirlo.

¿Dónde está el fantasma número trece?

EL FANTASMA NÚMERO TRECE

El perro empezó a **CORRER** por el laberinto del sótano y se detuvo delante de una puerta violeta. Tenebrosa la abrió. Enormes librerías llenas de volúmenes antiguos ocupaban las paredes de una habitación circular iluminada por una débil luz.

—**BRRR**... ¡qué frío! —exclamó Bobo.

—¡Sí, yo siempre digo que aquí hace demasiado frío! —dijo una voz cavernosa.

Un fantasma de largos bigotes **rizados** golpeó con su bastón una vieja estufa **HE-RRUMBROSA**.

—¡Este trasto de estufa se empeña en no funcionar! —Después llamó—: ¡Esmartillo! ¡Ven aquí en seguida!

Al cabo de un instante, el fantasma herrero **APARECÍA** en la habitación.

—¿Sigue teniendo problemas con la estufa, señor Ratelmo? ¡No hay manera!

—¡¿Ratelmo?! ¿Sois Ratelmo Shakespeare? ¿El v-ve-verdadero Ratelmo Shakespeare? ¿El que me ha dejado la mansión en herencia? —preguntó Bobo.

El fantasma se volvió y **sonrió**.

—¿Y tú eres mi v-ve-verdadero sobrino llamado Bobo? ¿Eres tú? ¿De la punta de los bigotes a la cola? Pero ¡qué sorpresa! ¡Ven aquí y dame un **ABRAZO** como es debido!

Bobo se acercó a él con los brazos abiertos,

pero al intentar abrazar a su antepasado se **cayó** de morros al suelo.

—Ah, claro, lo había olvidado... ¡no podemos abrazarnos! —se rió divertido el fantasma.

Tenebrosa carraspeó.

—Siento interrumpir esta reunión familiar, pero ¡yo tengo *entrevistas* que hacer!

—¿Entrevistas? —repitió Ratelmo—. ¡Ah, recuerdo que cuando gané el gran Campeo-

¡Qué sorpresa!

nato de Chistes del Valle Misterioso me entrevistaban continuamente! ¿Sabéis que gané 17 años seguidos el famoso premio **MÓNDATE DE RISA**?

—¡Fantástico! —dijo Tenebrosa—. Si quiere contar algún chiste, podría añadirlo a mi *artículo* sobre los fantasmas...

—¡Cómo no! ¡Los míos eran, y aún son, los mejores chistes de todo el valle!

Después, guiñándole un ojo a Bobo, añadió:

—¡Qué roedora más **simpática** has escogido como prometida, sobrino! ¿Cuándo os casáis?

—¿C-c-casarnos? P-pero en re-realidad yo no...

—¡Venga, Bobito, no te hagas el **TÍMIDO**! En el fondo, ¡no hacemos mala pareja! —exclamó Tenebrosa—. ¿Tú qué dices, Escalofriosa?

—¡Hacéis una pareja de miedo! ¡Mi tía preferida y mi escritor *favorito*!

—¡*Por mil tinteros!* ¡Yo no tengo ninguna intención de prometerme!

—¡Debes **PROMETERTE**! —ordenó Ratelmo—. Venga, date prisa, ¡a tu edad ya casi eres demasiado viejo para **CASARTE**!

—Tenebrosa Tenebrax se va a casar con un escritorzuelo de pacotilla que escribe novelas románticas aburridísimas... *Ji ji ji ji*, ¡esto sí que es de chiste! —se rió Nosferatu.

—Oh, sé alguno mejor. ¡Escuchad estos chistes! —dijo orgulloso Ratelmo.

LOS LÚGUBRES CHISTES DEL TÍO RATELMO

JI JI JI

Un esqueleto se encuentra
a un perro que le ladra
y le cierra el paso.
El esqueleto le dice:
—Perrito guapo... ¿quieres
un hueso?

JA JA JA

¿Cuál es el colmo de un
fantasma en invierno?
¡Tener que vagar por el
castillo bajo un edredón,
porque con la sábana
pasa frío!

Un fantasma le dice a otro:
—Ayer conocí a una
fantasmita muy bonita...
¡hasta que me di cuenta
de que era una camisa tendida!

JI JI JI

LIMPIEZA A MEDIANOCHE

Tenebrosa apuntó los **chistes** del tatara-tío-abuelo Ratelmo y entrevistó al resto de los doce fantasmas de la casa.

—¡Por fin tengo suficiente material para mi artículo!

—¡VOLVAMOS AL CASTILLO DE LA CALAVERA! ¡TIENES QUE ESCRIBIRLO EN SEGUIDA!

—chilló Nosferatu.

Mientras tanto, Bobo había llevado todas sus maletas a la casa.

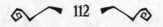

Dejó la ropa en el dormitorio, pero cuando intentó meter sus libros en el estudio, vio que ya estaba lleno con rollos de papel, volúmenes, LIBRETAS de apuntes, cuadernos y hojas sueltas. Todos escritos de arriba a abajo.

—¡Mire! —exclamó una voz detrás de él, sobresaltándolo.

Era el mayordomo que, señalando la habitación, añadió:

—¡Le hemos preparado el material para la introducción del libro!

—¿I-introducción? —exclamó Bobo, perplejo.

—¡Pues claro! —dijo Chorlita—. Y avísenos cuando haya acabado, ¡que le traeremos el resto!

—¡¡¿El resto?!!

—¡Sí! ¡En el sótano tenemos un archivo con 389 estantes llenos de notas, 1.744 baúles a

rebosar de *cuadernos* y 5.016 PERGAMI-
NOS! ¿Está contento?

Al darse cuenta del trabajo que le esperaba,
Bobo se DESMAYÓ entre las hojas.

Tenebrosa bufó:

—¿Otra vez se ha desmayado?

Negando con la cabeza, Ratelmo dijo:

—Ay, estos jóvenes roedores de hoy... ¡*deli-
cados* como una flor!

Al final, Bobo se resignó a ayudar a los fantasmas a *escribir* la historia de Villa Shakespeare: en el fondo, estaba contento de vivir
en la casa familiar.

Sólo había un pequeño **inconveniente**...

Muy pronto, el escritor descubrió que los
trece fantasmas se habían acostumbrado a
desempeñar todas sus tareas a... ¡MEDIA-
NOCHE!

DONG
DONG
DONG
¡Fuera polvo!
¡Martillo por aquí,
martillo por allá!
Pero dónde acaba...
¡Vamos a poner orden!
¡Guau, guau!

¡UNA NUEVA ESCRITORA!

El artículo de Tenebrosa fue publicado en el **DIARIO DE MIEDO**. Y visto el gran éxito, decidió escribir un libro sobre su aventura en

Villa Shakespeare.

—*¡HE ACABADO!* —exclamó, releyendo las últimas líneas.

—¡Ahora lo imprimiré en un bonito pergamino!

—¡Aún tienes que encontrar quien te publique el libro! —dijo Nosferatu, revoloteando alrededor del escritorio!

—¡Ya lo tengo! ¡He pensado en un roedor que no me va a decir que no! ¿Estás preparado para salir *volando* hasta Ratonia?

—¡*JIJIJI*! —rió Nosferatu—. ¡Ya sé! ¡Se trata de Geronimo Stilton! Pero ¿estás segura de que es el ratón adecuado? ¡Es un MIEDICA!

—No te preocupes. ¡Estoy convencida que incluso él no podrá resistirse a mi **TERRO- RÍFICA** historia! Es un relato realmente... ¡fabuloso!

UN RATSELLER...
¡DE MIEDO!

¿Sabéis cómo acabó todo? El libro tuvo un éxito superratónico. La redacción se llenó de millones de cartas entusiastas, los teléfonos no dejaban de sonar y todos preguntaban lo mismo:

—¿Cuándo se publicará el próximo libro de Tenebrosa?

¡Qué dibujos tan bonitos!

¡Son increíbles!

Yo no sabía qué responderles, pero en ese momento, mi móvil sonó... ¡era **TENEBROSA TENEBRAX**!

Me gritó a la oreja:

—Entonces, queridito, ¿te ha gustado mi historia?

Yo respondí:

—¡Felicidades, Tenebrosa!
¡Es un libro fabuloso...
realmente un ratseller de miedo!

¡Las hojas!

¿Diga? ¿Eh?

¡Un libro muy bueno! ¡Fabuloso!

ÍNDICE

1. Monte del Yeti Pelado
2. Castillo de la Calavera
3. Árbol de la Discordia
4. Palacio Rattenbaum
5. Humo Vertiginoso
6. Puente del Paso Peligroso
7. Villa Shakespeare
8. Pantano Fangoso
9. Carretera del Gigante
10. Lugubria
11. Academia de las Artes del Miedo
12. Estudios de Horrywood

VALLE MISTERIOSO

HORRYWOOD

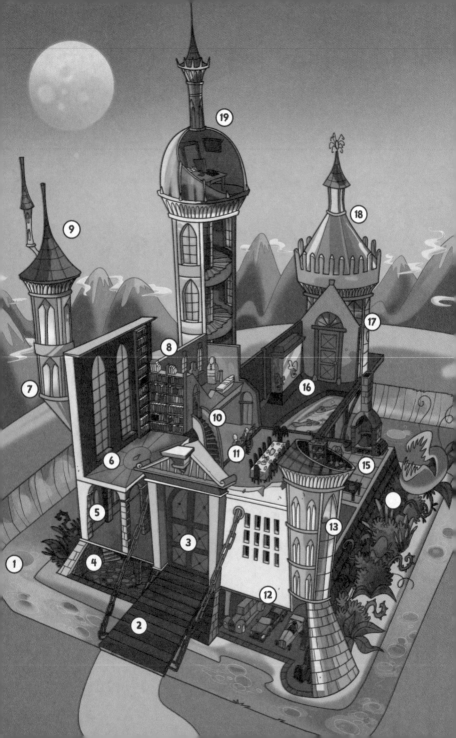

CASTILLO DE LA CALAVERA

1. Foso lodoso

2. Puente levadizo

3. Portón de entrada

4. Sótano mohoso

5. Portón con vistas al foso

6. Biblioteca polvorienta

7. Dormitorio de los invitados no deseados

8. Sala de las Momias

9. Torreta de vigilancia

10. Escalinata crujiente

11. Salón de banquetes

12. Garaje para los carros fúnebres de época

13. Torre encantada

14. Jardín de plantas carnívoras

15. Cocina fétida

16. Piscina de cocodrilos y pecera de pirañas

17. Habitación de Tenebrosa

18. Torre de las tarántulas

19. Torre de los murciélagos con artilugios antiguos

Geronimo Stilton

Marca en la casilla correspondiente los títulos
que tienes de todas las colecciones de Geronimo Stilton:

Colección Geronimo Stilton